숲해설가의 시

쇠똥구리, 깔딱고개를 넘다

이용이 시집

이용이 시집

쇠똥구리, 깔딱고개를 넘다

2022년 5월 2일 제1판 인쇄 발행

지 은 이 ┃ 이용이
펴 낸 이 ┃ 박종래
펴 낸 곳 ┃ 도서출판 명성서림

등록번호 ┃ 301-2014-013
주   소 ┃ 04552 서울시 중구 삼일대로8길 17 3~4층(충무로 2가)
대표전화 ┃ 02)2277-2800
팩   스 ┃ 02)2277-8945
이 메 일 ┃ ms8944@chol.com

값 10,000원
ISBN 979-11-92075-72-3

숲해설가의 시

쇠똥구리, 깔딱고개를 넘다

이용이 시집

도서
출판 **명성서림**

저자의 말

나는 농촌에서 태어나 어머니와 함께 농사를 지으며 자라났다. 어렸을 적부터 자연과 더불어 생활해오다보니 산야에 살아가고 있는 풀, 나무, 곤충, 조류, 시냇가의 송사리 등 물고기에 이르기까지 많은 생명체를 접하고 바라보며 살아왔다. 심지어 바위, 개울물, 구름, 바람 등 무 생명체들을 바라보며 많은 호기심을 가져왔던 것 같다.

직장생활을 마치고 자연과 접하고 좀 더 친해지고 싶어 2015년에 산림청의 위탁교육기관인 "한국 숲해설가협회"에서 전국의 유명한 산야를 다니며 "산림교육진문가 과징"교육을 이수하고, 숲에 대한 전문지식을 쌓아 시로 표현해 보려고 노력하여 왔다.

인간도 자연의 일원이며 자연과 더불어 살아가야 하므로 조금이라도 자연을 잘 이해하고 아끼며 사랑하여야하기를 바라는 마음에서 그 동안에 틈틈이 써왔던 시를 모아서 시집을 출간해 본다. 독자들이 더욱 자연을 알고 아껴주기를 바라면서….

2022년 4월
청계산 옥녀봉에서 이용이

제 1부

14 쇠똥구리, 깔딱고개를 넘다

15 자두소녀

16 목도리도마뱀

17 몽중산의 녹차밭

18 솟 대

19 새벽 신문

20 알밤 삼형제

21 놋젓가락나물

22 물푸레나무

23 이분법

24 해골바위

25 심연의 파문

26 우담바라꽃

28 달항아리

29 각시거미에게 물어 본다

30 섬진강

31 모 과

32 남천南天

33 여 치

34 고 목

35 달빛 수채화

차 례

제 2 부

38　바람개비

39　여인의 눈물

40　북한산의 풍혈

41　솥바위

42　북한산 민달팽이

43　붉은 연가

44　꿀 벌

45　암흑시대

46　표충비

47　정복자

48　자아의 그림자

49　벽속의 그 남자

50　구름의 무게를 달다

51　달집안테나

52　붉은 겨우살이

53　만추홍엽

54　가마우지

55　부성애의 표상

56　한 톨의 밀알

57　윤설이를 생각하며

58　지구가 죽어간다

59　나무늘보

제 3 부

62   조장鳥葬

63   벌 새

64   용서하고 기도하라

65   겨울 투구꽃

66   앵 두

67   이영시인의 생의 소나타

68   나무발발이

69   불의 고리

70   괭이밥

71   노랑선씀바귀

72   기미氣味 내 아내

73   물방울

74   사라오름

75   동백꽃

76   붉은 겨우살이

77   고래들의 아우성

78   사라오름 산정호수

79   뱀 딸기(1)

80   뱀 딸기(2)

81   인생의 강

82   기 도

제 4 부

84   주황색 꽈리

85   우한 박쥐

86   하늘 그물

87   윤회의 바퀴(1)

88   윤회의 바퀴(2)

89   칠성무당벌레의 우정

90   하롱베이 뽀뽀바위

91   박쥐나무

92   석 류

93   회색 코뿔소의 공포

94   흰소리

95   굴, 박쥐가 되다

96   배롱나무 삭과

97   변산바람꽃(1)

98   변산바람꽃(2)

99   두루치기

100   엿

101   고추잠자리

102   광대나물(수필 시)

103   민들레

제 5 부

106 누룽지

107 뒷동산 밤나무

108 때죽나무 열매

109 메밀과 모밀

110 밀물과 썰물

111 빈대떡

112 독골공원의 민들레

113 안개꽃

114 이름 없는 풀꽃

115 이별의 연가

116 장맛비

117 코스모스 사랑

118 홀아비꽃대

119 흰병아리풀꽃

120 괭이밥(2)

121 나무발발이

122 누가 오카피를 보았나요

124 매미(2)

125 물까치

126 박 새

127 부 들

128 소쩍새

제 6 부

130   속간束桿

131   아까시나무

132   인동덩굴

133   오방위五方位

135   검은과부 독거미의 사랑

136   파랑새

137   주음 저수지에서

138   포 도

139   해바라기 꽃(3)

140   호접란(2)

141   호접란

142   들국화 사랑

143   게발선인장 빨간꽃

144   첫 눈

145   구절초 테마공원에서

146   주음저수지에서(2)

147   주식시장의 풍경

148   직조織造

149   코로나를 이겨내자

150   코요테 모멘트

151   큰부리큰 기러기

제 7 부

154 비나리

155 짝퉁들의 세상

156 쪽파와 대파

157 장맛비

158 중천中天

159 페르시아의 보석, 채송화

160 튤립나무의 낙엽

161 개마대산 낭락장송

162 겨울연가

163 어름사니 호박

164 금둔사의 홍매화

165 길 잃은 까마귀 한 쌍

166 내 친구 보름달

167 개불알풀의 절규

168 대 파

169 첫 눈

170 첫눈의 추억

172 백두산 미인송

172 봄꽃들의 향연

173 하얀 세모

제 1 부

쇠똥구리, 깔딱고개를 넘다

태양이 작열하는 팔월복중, 짐을 지지 않고도
숨이 턱까지 차올라 깔딱 깔딱 숨을 쉬어야
겨우 넘어갈 수 있고 미끄러져 수많은 목숨을
앗아가 버린 풀 한포기 없는 가파른 북한산
깔딱고개

집에 있는 가족의 배고픔을 달래 주려고
쉬지 않고 꼰지발을 서서 앞발로 집체만한
쇠똥 경단을 굴리다가 너무 힘들면 앞발을
땅에 짚고 뒷발로 밀면서

낮에는 해를 쳐다보고 지름길을 찾아
한 걸음 한 걸음 나아가고 캄캄한 밤이
되어 한치 앞도 보이지 않으면 은하수별을
나침반 삼아 발걸음을 재촉한다

오늘밤 안으로 집에 도착할 수 있을 것인지
마음 곧추 세우고 수크렁 잎을 뒤척이는
쇠똥구리는 식구를 위해 갖은 고생마다 않는
우리 아버지를 닮았다

자두소녀

한여름 햇빛에 빨갛게 익어가는 열매
새콤달콤 맛있는 자두를 보면
생각나는 소녀가 있다
자두 속에 그녀의 얼굴이 알알이 박혀있다

붉고 동그란 예쁜 소녀의 볼은 자두를 닮았다
유난히도 자두를 좋아했던 그녀는
자두 밭을 맴돌며 익어가는 열매에 눈도장 찍어
발갛게 익을라치면 잽싸게 따먹곤 했다

작은 열매라도 보면 군침이 돌던 참 배고팠던 시대,
요즈음 한여름 마트에 가면 온갖 과일도 많건만
수북이 쌓여있는 붉은색 노란색 자두를 보며
빨갛게 물든 입술에 행복해 했던 소녀가 떠오른다

세월은 흘러도 여느 때처럼
자두는 빨갛게 익어 가는데
지금쯤 그만한 손녀가 있을 것 같은
그녀는 얼마쯤 익어 갔을까

목도리도마뱀

목도리도마뱀이
커다란 목도리 두르고
매봉산 태극봉에 올랐다

노루꼬리만큼 짧아진
동짓날 석양의 그림자따라
골짜기마다 펼쳐지는
두꺼운 이불을 덮고

어둠에 묻혀 누워있는
두꺼비 바위를 베개 삼아
대자大字로 누워
명왕성과 사랑을 나눈다

나도 그리 될 수 있을까
나물먹고 물마시고
바윗돌 베게하고
하늘과 별과 사랑과 시로
윤동주처럼 노래할 수 있을까

16 쇠똥구리, 깔딱고개를 넘다

몽중산의 녹차밭

득량만의 해무를 머금고
수정구슬을 토해내는 녹차밭

참새들이 옹기종기 모여들어
짹짹 노래 부를 때마다

작설차* 잎이 쏟아져 나와
연초록 숨을 내 쉰다

다향으로 물들어 가는
몽중산의 녹차 밭

*작설차는 녹차중 최고의 차로서 참새의 혀를 닮았다

솟 대

먼길 떠난 내님
오늘은 오시려나
내일은 오시려나
날마다 기다려도
오시지 않네

기다리다 지쳐서
한 마리 새가되어
푸른 창공을 날아
임 찾아 헤매어도
찾을 길이 없네

사랑하는 내님을
만나게 해달라고
기다란 나목 위에
기러기 얹혀놓고
빌고 또 비네

새벽 신문

아침마다 나를 깨우는
자명종 같은 친구 하나있다

밥을 먹지 않고 잠이 들어도
불평 없이 나를 깨운다

귀찮다고 짜증을 내어도
미소 지으며 나를 깨운다

나만 위하는 진실한 친구
오늘도 반갑게 맞아줘야겠다

알밤 삼형제

우물물처럼 푸른 하늘에
고추잠자리 날고 있는
청명한 가을이 깊어간다

바람친구를 만나기 위해
밤송이 안의 삼형제는
지퍼 열고 빠끔히 고개내민다

사방을 두리번거리다가
따가운 햇살에 취해서
볼이 빨갛게 타는 줄도 모른다

세상을 떠날 때 모든 것을
아낌없이 나누어 주는
그는 헌신과 희생의 표상이다

놋젓가락나물

뜨거운 우리 사랑 열기로
엿가락처럼 녹아내린
가느다란 모가지 추겨 세워

구름처럼 떠나버린 임 찾아
연한 자줏빛 치마폭에
고깔모양의 뾰쪽한 모자 쓰고

섬섬옥수 앞으로 뻗어내
뜨거운 자갈밭을 기어 넘어
가시밭길을 헤쳐 가며

하늘의 별빛을 친구삼아
눈물로 밤을 지새우며
심산계곡 떠도는 놋젓가락나물

물푸레나무

푸른 우주에서 잉태하여
지하세계에 뿌리 내리고

줄기는 인간들이 살고 있는
미드가르드를 지나

구름에 쌓인 신들의 천상거주지
아스가르드의 지붕을 만들어 주었다

우주를 지탱해주는
거대한 우주 목 물푸레나무

하늘을 푸르게 만들고
바다도 푸르게 만들어 버렸다

온 세상을 푸르게 만든 그 나무는
누가 만들었을까……

이분법

우주의 빛에서

날아 든 씨앗 두개

하나는 악의 분노

또 다른 하나는 선의 평화

그 씨앗이 생으로 자라서

서로 다른 열매를 맺어

쉴 새 없이 퍼뜨려간다

나는 어느 나무를 키우나

해골바위

흰 구름 우주 저편에서
지구가 태어날 때
북한산 마당바위를 만들던
헤라클레스가 쓰러져
해골바위가 되었네

하던 일을 마치지 못하고
이승을 하직한 아픔에
두 눈에 고여 있는 눈물은
아직도 마를 날이 없네

모진풍파가 몰아치는 세월을
묵묵히 견디어 내면서
수많은 사연을 바위주름에 새기고
무심히 구름만 쳐다보고 있네

심연의 파문

지구의 중력이 미치지 않은
우주의 공간에도
수많은 파문이 일렁거린다

수련, 순채, 노랑어리연꽃이
뿌리를 박고 살아가는
깊은 연못에도 파문이 인다

나의 깊고 깊은 마음속을
잔잔하게 갈고 닦아도
누군가가 순간 파문을 일으킨다

파문을 일으키는 푸른 바람을
우주의 구름기둥에 메어 놓으면
심연이 잔잔해 질 것인가

우담바라꽃

우주는 끝이 없을까
우주는 텅텅 비어있을까
우주는 호리병처럼 생겼을까

항상 구름처럼 떠 있기에
항상 변함없이 떠 있기에

우주는 파란 하늘인줄 알았다
우주는 하얀 구름인줄 알았다
우주는 허공의 바람인줄 알았다

그러던 어느 날

살아오던 지구를 떠나
우주 속으로 여행을 시작하였다
돌고래가 새로운 대양을 찾아가듯
끝없이 유영해 나아갔다

아무도 없는 캄캄한 블랙홀에서
한줄기의 빛이 나타나
나를 감싸 안아 진리를 잉태하고

수 억겁세월의 깨달음을 전하며
하얀 우담바라꽃을 피웠을까

달항아리

그대 사랑으로 반달을 만들고

내 사랑으로 반달 만들어

뜨거운 불속에서도 껴안고 있는

사랑의 달항아리

그대와 나 달항아리 되었네

각시거미에게 물어 본다

끝없는 우주에 구름 그물을
매달아 내고 있는 각시거미

바둑판위에 바둑알을 놓듯
항성인 태양을 중심으로

주위에 여덟 개의 행성과
일백 육십 여개 위성을 매달고

수많은 소행성을 배치하여
구름 그물위에 태양계를 매단다

누가 지구에 매달아 놓았는지
각시거미에게 물어 본다

섬진강

오백리길 멀다않고
한달음에 달려온 섬진강

광양만 해무 속으로
석양이 잠들 때까지

푸른 물결의 장단에 맞추어
재첩, 참개와 춤을 춘다

모 과

청계산 자락 모과나무에
매달려있는
노랗고 커다란 보름달들

우주가 창조될 때
지구의 밤하늘을 밝히려고
걸어두었던 것일까

청계산 자락에 매달린
보름달을 따다가
이 한밤 지새우며 마음 닦는 글 쓰는
안창남시인 방에 걸어둘까

그렇지,
어두운 밤 지나가는 길손에게도
가로등 되어줄까 보다

남천南天

한겨울 서릿발 아래
빨간 열매 주렁주렁 매달고
윗몸이 다리까지 처져내려
숨을 가누지 못하면서도
방긋 웃고 있는 남천

마치 일곱째를 임신해
남산만큼 솟아난 배가 앞을 가려
뒤뚱 뒤뚱 걸으며 힘겨워 하면서도
기뻐하며 김도 메고 생솔가지 때면서
밥하시는 우리 어머니를 닮았다

그 시절은 보릿고개로
모두가 굶주림에 허덕이던 시대인데도
자식 많이 낳으면 살림밑천 했을까
산통 진통 다 견디어 내면서도
산아재조기 같았던 우리들의 어머니

남천은 나의 어머니
영원한 나의 노스탤지어

여 치

늦가을바람이

수크령 잎을 흔들면

들판을 누비던 너는

목놓아 이별가를 부른다

고 목

청계산 자락에 서있는

삼백 년 된 살구나무

깊게 페인 주름 주름마다

많은 사연 아로 새기고

생사 갈림길을 헤매네

달빛 수채화

가을 달빛 수채화는

한 계절을 잉태했다

빨강 노랑 색색의 색종이에

아린 이별의 슬픈 사랑

낙엽 한 장 시 한 줄을

그대에게 띄워 보낸다

제 2 부

바람개비

바람개비가
바람을 맞아야 돌아가듯

나의 임은
사랑을 받아야 살아간다

여인의 눈물

여인의 눈물은
자동 수도꼭지인가

시도 때도 없이
흘러 내린다

북한산의 풍혈

계절마다

몸속으로 젖어드는

차가움의 뿌리

바위, 바위틈마다

불어오는 생의 푸름들

풀어 다시 매듭이 되고

팔월의 땀방울을 식히는

북한산의 풍혈*이다

*풍혈(風穴) : 사시사철 시원한 바람이 불어나오는 바위틈

솥바위

푸른 물소리 일렁이는
남강 물로 화덕 만들어
세발을 곧추세워
저 혼자 우뚝 서있는 솥바위[*]

흰 구름으로
노적봉 쌀밥 지어
주변의
굶주림을 바람에 날려버리고
삼거부[*]를 키워냈다네

그는 누가 만들었을까

[*]솥바위 : 경남 진주, 함안군과 경북 의령군의 경계인 남
　　　강에 있다.

[*]삼거부 : 삼성창업주 이병철, LG창업주 구인회, 효성창
　　　업주 조홍제 이다.

41

북한산 민달팽이

높이 솟은 북한산 백운대
하늘 안테나 곧추 세웠다

사방을 더듬거리며
발바닥의 진액으로
밧줄 꼬아 스파이더맨처럼
서서히 타고 오른다

너무 오르는 것 아냐?
해우소 가려면 한 사흘 걸릴텐데

무슨 말씀
슬로우 슬로우 킥

조급히 사는 사람들이여
눈치보며 화장하는 사람들이여
나의 민낯에 느림의 미학 아시는가

붉은 연가

차가운 북풍으로
날카로운 송곳 만들어
힘없이 떨어지는
나를 찔러대는 빗방울

죽도록 사랑 했었는데
한마디 말도 없이 떠나가는
내가 한없이 미워서

원망 소리 아랑곳없이
마지막 숨을 쉬고 있는
내 마음 갈기갈기 찢는구나

꿀 벌

꿀을 따러 가요
꿀을 따러 가요
꿀 바구니 옆에 끼고
하늘을 윙윙 나는 꿀벌

봄에는 유채꽃밭으로
여름에는 아카시아 꽃으로
가을에는 가을꽃으로

나도 한 마리 꿀벌이 되어
잿빛 허공으로 날아간다

암흑시대

새까만 먹구름이
사방을 뒤덮고
암흑이 성난 사자처럼
온 세상을 삼켰다

갈 길을 잃은 군상들은
더 높이 오르려고
더 많이 가지려고
더 빨리 가려고
아귀다툼을 벌리고 있다

언제쯤 암흑이 걷힐 것인지
푸른 별들에게 물어 본다

표충비

낙랑의 자명고처럼
나라가 위기에 처하면
통곡의 눈물을 흘리는
우국충정의 표충비*

수많은 충신들의 영혼이
하늘에 오르지 못하고
수 백 년의 세월동안
나라를 지켜 왔다네

2019년 11월 18일부터
다섯 시간에 걸쳐서
한말의 눈불을 쏟아냈다네

누가 충신들의 영혼을
이다지도 슬프게 만들었는지
환인천제에게 물어 본다

*표충비 : 밀양 홍제사에 있고, 조선 임진왜란 때 국난을
          극복한 사명대사 등의 높은 뜻을 비석에 새겼고,
          국가에 큰일이 닥칠 때마다 눈물을 흘린다고 한다.

정복자

미시시피 강을 누비며

남생이 비단거북 늑대거북을

차례로 격퇴하고

태평양을 건너와

태양이 작열하는 팔월 복중에

남산 팔각정 지붕에 올라

용마루 베고 누워

긴 발톱 곧추세워서

부채질을 하고 있는

정복자 붉은귀거북

자아의 그림자

눈도 코도 입도
똑같이 생긴 육 형제,
유리상자속에서 탈출하려고
발버둥치고 있다

탈출구를 찾을 수도 없고
벽이 부셔지지도 않으며
아무도 구해주지 않는다

밤하늘에 떠있는 별도 모르고
허공을 나르는 새들도 모르며
바람에게 물어봐도 대답이 없다

기억이 차츰 희미해져 간다
점점 절망에 빠져 든다
어느 날 그들은 사라져 버렸다

벽속의 그 남자

벽속에서 울고 있는
푸른빛의 그 남자

낯선 그 남자의 그림자는
이름도 성도 모른다

나는 수 십 년을
이렇게 살아왔다

앞으로 남은 세월도
그렇게 살아갈 것이다

구름의 무게를 달다

구름에도 무게가 있을까

우주에 투영된 저울로

그들의 무게를 달고 있다

달집안테나

잠실벌의 매봉산 달집
활활 타오르는 불꽃이
하늘안테나 되었다

농부들의 염원을 담아
천지신령께 빌고 또 빈다

아이들도 덩달아 신이나서
쥐불 넣은 깡통을 돌리며
강아지처럼 달집주위를 돈다

오늘만 같아라
올해는 배부르게 해 주소서
모두가 한마음으로 빌고빈다

붉은 겨우살이

새에게 매달려
나무 꼭대기에서
흔들 그네를 타듯이
살아가며
흡주로 나무껍질에
구멍을 뚫어
드라큐라처럼
양분을 빨아 먹고
예쁜 붉은꽃을
피워낸다
숙주나무를 따라
죽어야하는
슬픈 운명의
제주 붉은 겨우살이

만추홍엽

붉게 타오르는 대모산

불을 지른 이는 누구일까

가마우지

오리발 같은 물갈퀴로
깊은 물에 헤엄쳐 들어가
길고 구부러진 부리로
물고기를 잡는 가마우지

인간의 꼬임에 빠져
날개가 잘려 날지 못하고
목줄에 묶여서
잡아온 물고기를 빼앗기는
슬픈 삶을 살아간다

견딜 수없는 외로움이
파도를 타고 밀려오면
아무도 없는 암초에 올라
슬픈 아리아를 부른다

부성애의 표상

앞다리에 톱날이 달린
날카로운 낫을 매달고
당랑 권을 연마하여
천하무적이 된 숫사마귀

그러나 짝짓기가 끝나면
사랑하는 자식을 위해
암컷에게 몸을 내맡기는
부성애의 표상이다

한 톨의 밀알

자신의 몸을 썩혀서

새싹을 키워내고

많은 알곡을 매달아

생명을 길러내는 한톨의 밀알

자신의 육신을 버려야만

수많은 생명을 굶주림에서

구해줄 수 있다는

헌신의 환희를 실천하며

캄캄한 흙속에서 죽어간다

윤설이를 생각하며

언제나
슬픔의 늪으로 안내하는
우울의 그림자가 드리운다

어둠이 짙어지면
그녀는 우울의 그림자 따라
점점 깊어만 가고

아침 해가 떠오르면
그림자는
우울의 꼬리를 내린다

그녀의 심연에
커다란 태양을 매달을
이는 누구일까

지구가 죽어간다

연초록 옷을 벗어버리고
창백하게 죽어가는 지구

밀림의 정글이 불타버려
코뿔소와 새들도 죽어가고
북극 얼음은 파헤쳐져
북극곰도 죽어간다

인간의 끝없는 탐욕 속에
나신이 되어 죽어간다

나무늘보

거꾸로 살아가는 나무늘보
커다란 갈고리 발톱으로
천천히 나무를 오른다

나뭇잎의 색색에 맞추어
연록색 갈색으로 갈아입고
나무위에서 살아가는 멋쟁이

구름위의 신선처럼
느림의 미학으로 살아간다

제 3 부

조장鳥葬

앙상한 감나무 가지위에
빨간 나신을 맡긴다

몸통이 뜯겨지고
궁둥이마저 뜯기어 나가고
두개골이 패여 간다

계절이 쪼아대는 부리 끝에
홍시의 애환은 눈발에 흩어지고
그리움은 바람결에 날아간다

벌 새

새 중에서 가장 작은 새
날개를 빠르게 움직여서
벌처럼 붕붕 소리를 내며

보석 같은 옷을 입고
부리로 꽃에 있는 꿀을 빨며
홀로 살아 간다

용서하고 기도하라

숨어서 음해하고
거짓 소문을 퍼뜨리는
사람을 만나거든

주님께 기도하라
그리하면 주님께서
죄지은 자에게

유황불벼락을 내려서
뱀의 혀를 놀리지 못하게
벌을 주실 것이니

그대는 용서하고 기도하라
그리하면 주님께서 위로와
축복을 주실 것 이니라

겨울 투구꽃

아름다웠던 육신은

거친 바람에 찢겨나가고

앙상한 뼈 위에

투구를 쓰고 있는

충절의 겨울 투구꽃

앵 두

외할머니 집 우물가에
빨간 분칠을 한 채
수줍게 얼굴 내미는 앵두

마치 푸른 허공위에
보석을 뿌려놓은 것 같이
알알이 매달려 빛나고 있다

내게도 저렇게 예쁜
사랑하나 있었으면 좋겠다

이영시인의 생의 소나타

그녀의 생은
빛깔을 타고 흐른다

맑은 우물 빛으로
해맑게 태어나

하늘의 파란빛을
언어로 그려내고

분홍빛 가슴으로
이성을 찾아나서

붉은빛 정열을 불태워

황금빛 마차를 타고
생의 언덕을 넘어

회색빛 머리칼 날리며
세월의 저편으로 흐른다

나무발발이

눈발이 휘날리는 한겨울에
갈색 털외투 뒤집어쓰고
오대산 누비는 나무발발이

고목나무 갈라진 틈 속에
나무조각을 거미줄로 엮어
새털을 깔아 둥지 만들고

나무줄기 밑 둥에서
꼬리로 지탱하여
살아가는 나무발발이

불의 고리

불은 고리를
고리로 엮는다

손오공의 머리 수갑
긴고아를 만들던

하늘의 화덕에
불을 붙이고

구름풀무로
바람을 불어내

번개를 녹여서
화산대 만들어

태평양 둘레에다
쳐놓은 우주의 금줄,

불의 고리는
누가 만들었을까?

괭이밥

초등학교 등교 길에서
괭이밥 한줌을 뜯어먹고
술에 취해 널브러졌는데

오늘도 조그만 괭이밥이
노란 꽃바구니에
바람 따라 춤추며 유혹 하네

괭이밥 술 향기에 취해서
길 고양이는 주정뱅이가 되고
애들은 그네를 타고 오르네

노랑선씀바귀

매봉산 돌 틈에 고개 내밀며
임 기다리는 정절의 여인처럼
나를 반겨주는 노랑선씀바귀

바람에 날리는 가냘픈 몸에서
하얀 젖을 내어주며
기운찬 새봄을 맞게 해주네

기미氣味 내 아내

잔치 집에서 보내온 음식
냄새가 나는 것 같았다

식중독에 걸릴 것 같아
한참을 망설이고 있다

이상한 듯 쳐다보는 아내
기미를 하겠다고 덤벼든다

아내는 기미상궁이 되었고
나는 왕이 된 것 같았다

물방울

물방울은

나눠도 나눠도
끝없이 나누어 진다

부셔도 부셔도
부셔지지 않는다

끓여도 끓여도
본 모습으로 돌아온다

물은 내 여인처럼
순정의 결정체로 살아간다

사라오름

두 번의
깨달음으로 만들어낸
바리때처럼 생긴 분화구
연중 물이 고여도 아름답다

습원을 출산한 산정호수는
노루귀 노루오줌 물망초 등
습지식물을 키워내고

지구 한 켠 분화구 안에서
노루 떼들이 풀을 뜯으며
신선처럼 살아가는 사라오름

동백꽃

좁쌀 같은 싸락눈이
송곳 되어 몰아치네

제우스를 사랑하는 동백,
온몸이 열정으로 불타올라
새빨간 꽃을 피워냈다네

질투에 눈먼 헤라의 칼날이
동백꽃의 목을 잘라버렸으나
눈밭에서도 붉게 피어나
정절의 표사가 된 동백꽃

붉은 겨우살이

새에게 매달려 나무꼭대기에서
흔들 그네를 타듯이 살아가며

흡주로 나무껍질에 구멍을 뚫어
드라큐라처럼 양분을 훔쳐 먹고
예쁜 붉은꽃을 피워낸다

숙주나무를 따라 죽어야하는
슬픈 운명의 제주 붉은 겨우살이

고래들의 아우성

암흑에 갇혀버린 고래들
노스탤지어를 찾아 아우성이다

청각으로 심해를 항해하며
낮은 노래로 소통한다

사라오름 산정호수

고로쇠 단풍 물위에 비추고

왕관 높이 쓴 노루와 노니는

사라오름의 산정호수

뱀 딸기(1)

외할머니 집 뒤뜨락에

노랑저고리 곰보아가씨

얼굴에 빨간 분칠하고

풀 섶 사이로 고개 내밀어

임이 오는 날만 기다린다

뱀 딸기(2)

긴 모가지 높이 쳐들어

가시덩쿨을 헤집고
바위 틈새사이 기어서
물웅덩이에 다리를 놓아

임을 찾아 간다

인생의 강

강물은

흐르지 않을 수 없다
암초들의 연속이다

끝없이 흐를 줄 알았지만
순간에 종착지이다

기 도

공기 한 모금 들어갈 수 없게
왼손과 오른손을 밀착시키고
신에게 간절히 빌고 또 빈다

노을파도처럼 세차게 노력하고
구름처럼 쌓인 욕심을 버리며
바램하나를 털어 놓는다

안개 속 그물망으로 만들어진
눈과 귀를 가지고 모든 것을
알고 있는 신에게 간구 한다

모든 이를 불쌍하게 여겨주소서
죄를 사하여 주소서
그들은 몰라서 죄를 짓고있나이다

제 4 부

주황색 꽈리

대모산 기슭에

보석을 뿌린 듯

아롱다롱 매달렸네

꽈리피리 입에 물고

바람과 뛰놀며

꽉 꽉 소리를 내던

그리움 속에 투영된

추억의 주홍색 꽈리

우한 박쥐

2020년 1월
에프-35 전투기처럼
어두컴컴한 밤하늘을
힘차게 날아다니는 박쥐

기묘한 얼굴의 흡혈귀는
동굴 속에서 거꾸로 매달려
깨륵 깨륵 울어 댄다

우한 폐렴의 병원체인
신종코로나의 숙주
지구가 홍역을 치르고 있다

하늘 그물

나쁜 짓을 하는 사람은
유능한 강자라는
오만과 아집 때문이다

나쁜 짓이 계속되면
착한 사람이 진실을 알게 되고
나쁜 사람은 변명을 하게 된다

나쁜 사람들은 손바닥으로
하늘을 가린다

그러나,
하늘 그물은 새지 않는다

윤회의 바퀴(1)

지구에서 숨쉬는
만물은 흙에서 구성물질을
빌려서 형상을 만든다

십 팔세 아가씨처럼
새 빨간 게발선인장꽃
화려한 색깔에 눈부시다

어느 날 꽃이 시들어
게발선인장잎 밑으로
연기처럼 사라져 버렸다

주검의 파도가 밀려오면
구성물들은 부서져서
원래의 자리로 돌아간다

윤회의 바퀴(2)
―생의 굴레

대모산 모과나무에 앉은
노랑할미새야 울지 마라
모과꽃이 떨어진다고

바람이 불어와 꽃을 피우고
꽃이 져서 열매를 맺어
생의 뿌리를 이어 간단다

칠성무당벌레의 우정

커다란 검은점 일곱 개를 찍은
화려한 빨강 망토를 걸치고
붕붕 하늘을 나는 칠성무당벌레

거꾸로 뒤집힌 체 떨어져
바위위에서 발버둥치고 있는
친구를 구하려고 달려간다

혼자서 힘에 부치면
동료들을 불러와
위험에서 친구를 구해낸다

보잘것없는 미물이지만
우정의 미학을 실천한다

하롱베이 뽀뽀바위

세상 등진 아내를 안고
날아와 망부검푸른 파도 일렁이는
하롱베이 바다위에
마주보고 앉아서
뽀뽀하는 뽀뽀바위

백옥같이 하얀 암탉을
사랑하는 붉은 수탉, 석 된 바위

박쥐나무

동굴 속에서 살던 박쥐,

바람과 춤추며 살고싶어
나무에 주렁주렁 매달려
박쥐나무 잎이 되었다네

새로 태어난 하얀 꽃들도
어미박쥐를 닮아서
거꾸로 매달려 살아간다네

석 류

클레오파트라 여왕을 닮은
루비처럼 새빨간 알알이
삐쭉삐쭉 고개를 내밀고
농염한 향기로 나를 유혹한다

회색 코뿔소의 공포

멀리서도 눈에 잘 띄며
한발 한발 걸을 때마다
땅을 울리는 회색 코뿔소

다가오는 것을 알면서도
두려움의 공포에 휩싸여
나는 두 눈을 감아버린다

흰소리

거들먹거리며 허풍을 떨고
거만하게 자랑하는 김 병만

왁자지껄 떠들던 술자리가
갑자기 썰렁하게 변했다

지나친 흰소리 때문이 아닐까

귤, 박쥐가 되다

박쥐처럼 변신의 귀재 귤
유자 탱자 온주밀감 오렌지 등
비슷비슷한 탈을 쓰고 있다

장소에 따라
남쪽에서는 귤이 되고
북쪽으로 가면 탱자가 된다

인기에 따라
한라봉 천혜향 레드향 황금향
천의 얼굴이다

배롱나무 삭과[*]

어미 품을 못 떠나는

아기 새처럼

차가운 북풍한설 맞으며

배롱나무 가지 끝에

썩은 몸을 매달고 있다

[*]삭과 : 익으면 껍질이 벌어져 씨가 튀어나오는 열매

변산바람꽃(1)

이른 봄바람의 유혹에

심쿵심쿵한 변산 처녀처럼

초야청에 드는 새색시처럼

수줍게 피어난 변산바람꽃

변산바람꽃(2)

의상봉 신선봉 쌍선봉 등
아름다운 산과 바다로 이어진
변산반도국립공원

변산바람꽃을 닮은
꿩의바람꽃 숲바람꽃
홀아비바람꽃 쌍둥이바람꽃
회리바람꽃 가래바람꽃

차가운 겨울바람 밀쳐내고
먼저 얼굴을 내밀어
봄바람을 반긴다

두루치기

고기에 채소와 양념을 넣고
다글 다글 볶아주면
특이한 맛을 내는 두루치기

회사일, 집안살림, 사교모임 등
여러 방면 모두를 잘하는
두루치기 같은 사람

두루 이르르거나 해당하는
두루치기의 이력이다

엿

어릴적 맛이 있다고
입에 물고 다녔던
달디 단 엿

믿었던 친구가 엿을 먹인다
성에 차지 않은 엿 같은 일
난처한 상황에 빠져 엿 됐다

누가 엿을 폄하 하는가
스치는 바람에게 물어 본다

고추잠자리

우주를 태워버릴 듯
이글거리는 화염산처럼

작열하는 태양아래
심신이 붉게 타버린 체

바람결을 지팡이삼아
유랑하는 임을 찾아

코스모스 위를 떠도는
빨간 고추잠자리

광대나물(수필 시)

매봉산언덕 봄내음 찾아 나오는 새싹들
그중에 어렸을 때 좋아 했던 광대나물,
코딱지 나물이라는 별명이 붙어진 풀꽃

사랑하는 애인처럼 보고 싶어 찾아보니
사월 중순에는 조그만 코딱지만 보이고
그 속에 어린 시절 친구들이 떠오른다.

며칠이 지나가자 광대나물은 풀숲에서
사슴마냥 모가지를 길게 뽑아 올려
나물을 뜯던 영희라는 친구를 닮았다.

오월에 접어들자 머리에 나팔같이 생긴
붉은색, 자주색의 꽃을 양쪽에 매달고
줄 위의 광대처럼 벌 나비를 유혹했다.

예쁘게 피었던 꽃들이 하나 둘 떨어졌다.
마치 다 자랐다고 내 곁을 떠난 영희처럼
"제행무상"이라 하신 부처님이 떠오른다.

민들레

서당툇마루 돌 섶 사이로
노란 얼굴 내밀고
도강盜講하는 민들레

악동들이 짓밟고 짓밟아도
꿋꿋이 견디어내어
꽃을 피워 사랑을 전하고

학동들이 넘어져 생채기나면
의로운 희생정신으로
하얀 즙을 내어 치료 해준다

훈장은 틈틈이 방문을 열고
민들레를 가리키며
포공구덕*을 가르친다

*포공구덕 : 忍, 剛, 禮, 用, 情, 慈, 孝, 仁, 勇

제 5 부

누룽지

깜밥 밥가마치 누렝기 까만밥

어린시절의 추억이 담긴 누룽지

뒷동산 밤나무

내 고향 동막마을
뒷동산 언덕위에
커다란 밤나무 서있다

불덩이처럼 붉은 해가
어둠을 걷어내는 새벽녘에
친구들과 알밤을 주우려간다

샛바람이 반갑다고
밤나무 귓등을 간질이면
커다란 하얀 입을 벌리고

툭…… 알밤하나 내어준다

때죽나무 열매

스님들이 떼로 모여
거꾸로 매달려 있다

메밀과 모밀
-혼돈의 시대

별빛도 잠든 캄캄한 밤중에
소금을 뿌려놓은 것처럼
끝없이 피어있는 하얀메밀꽃

척박한 땅에서도 잘 자라고
묵 국수 로 만들어 먹어
쓰임새도 많은 곡물이지만

메밀과 모밀이 서로 맞다고
밤을 새워 우기고 있지만
무엇이 맞는 말인지 햇갈린다

세상은 비슷한 인간들이
서로 맞다고 싸우는
혼돈의 시대가 되어버렸다

밀물과 썰물

한걸음 다가서면
두 걸음 물러서고

봄바람처럼 밀려왔다가
가을바람처럼 떠나가는

맺어 질 수 없는 우리사랑
물거품처럼 부서지네

빈대떡

서민이 먹던 빈대떡

추억을 수놓은 사랑방

독골공원의 민들레

찬바람 불어오는 초봄에
임 찾아 사랑의 꽃피우는
슬픈 운명의 민들레

한 여름 폭풍우 속에서
꺾여도 쓰러지지 않고
맺은 마음 변함없이

먼 하늘만 쳐다보며
된서리내리는 늦가을에도
임의 곁을 떠나지 못하네

서화담을 사랑한 황진이처럼
일편단심으로 사랑하는
독골공원에 피어난 민들레

안개꽃

별빛 쏟아지는 매봉산자락,
눈송이로 뒤덮어 버린 듯
흐드러지게 피어있는 안개꽃

하얀 안개꽃위에 피어있는
빨간 장미 한 송이
양귀비처럼 아름답다

안개꽃은 끝없이 사랑하는
장미를 연정으로 감싸 안으며
더욱더 하얀 꽃을 피워냈다

장미꽃이 잘려나가자
안개꽃은 제 몸을 잘라내어
장미를 끌어안고 한 묶음 되었다

장미와 함께 말라 스러져가며
사랑하는 임을 위해 헌신하는
순백의 안개꽃 미학

이름 없는 풀꽃

남들이 우리들에게
보이지도 않게 작고
하잘 것 없는 존재라고
비웃고 수시로 짓밟아도

조금도 슬퍼하지 않고
굳세게 생을 이어가며
내 살을 아낌없이 내어주는
나는 이름 없는 풀꽃이다

이별의 연가

매미는 여름이 아쉬워 울고

나는 연인이 그리워 운다

장맛비

이용이

퍼부어 대는 장맛비
누구의 눈물일까?

코스모스 사랑

하늘과 맞닿은 천태산 마루
불어오는 가을바람 타고
핑크색 원피스가 하늘거린다

아름다운 꽃으로 피어나
사랑스런 그대 가슴 속으로
강물처럼 끝없이 흘러들어간다

변함없는 우리 사랑에 입 맞추며
우주를 수놓은 반짝이는 별처럼
코스모스 사랑이 영글어간다

홀아비꽃대

남양주 천마산 기슭
기린처럼 긴 목을 내밀어
하얀 모자 고쳐 쓰고
머나먼 남해안을 쳐다보며

일렁이는 파도물결 따라
길고 예쁜 꽃술을 피워낸
옥녀꽃대가 돌아오기를
오늘도 애타게 기다리는

외로운 홀아비꽃대……

흰병아리풀꽃

알을 깨고 나온
개구쟁이 하얀 병아리

가녀린 엄마 모가지에
옹기종기 매달려

수줍은 듯 고개 내밀고
날개 짓 하고 있다

괭이밥(2)

양재천에 피어있는

노란괭이밥 한줌 뜯어먹고

술향기에 취해서

길 고양이는 주정뱅이 되고

아이들은 그네 타고 오르네

나무발발이

유라시아에서 살다가
찬바람 부는 겨울에
관광여행 온 나무발발이

머나먼 타국 땅에 와서
꼬리를 나무에 지탱하며
먹이를 찾아 헤매인다

배가고파 헤매는
불쌍한 나무발발이에게
팥죽이라도 써줘야겠다

누가 오카피를 보았나요

긴 혀 길게 뽑아내
귀를 후비고 있는
콩고 열대우림 숲의
당나귀 오카피

기린을 닮은 몸통에
노루의 입과 쥐의 귀
다리는 얼룩말처럼
얼룩무늬를 가졌다

서로 어울리지 않은
여러 모양이 합쳐있지만
상상할 수 없이 아름답다

호사다마라고 할까

원주민들은 기린과 얼룩말이
반반씩 닮은 괴물이라 여겨
보이는 대로 죽여 버리고

백인들도 전쟁을 하거나
전염병을 퍼뜨려가며
거의 몰살시켜 버렸다

우리의 삶도 뒤돌아보면
오카피처럼 무지개빛이다

매미(2)

땅속에서 7년을 견뎌내어
허물을 벗고 해탈한 너

비로소
허공으로 날아 오른다

물까치

날씬한 몸매에
푸른 치마 입고
검은 머리카락 날리며
갈대가지에서 노닌다

구이 구이 소리쳐
친구를 부르면
게이 게이 신호를 보내
화답하며 산야를 누빈다

떼로 몰려다니며
시끄럽게 요란을 떠는
하늘의 무법자 같은 물까치

나에게 날개가 있다면
끝까지 쫓아가서
버르장머리를 고쳐주고 싶다

박 새

목에서 아랫배까지

검은 넥타이를 두르고

조팝나무 사이를 누비다

나신에 빨간 열매 맺는

산수유나무가 부러워

박새나무가 되어버렸다네

부 들

쏟아지는 빗줄기 속에

부들부들 떨고 있는 너

애처롭고 애처롭구나

소쩍새

둥그런 안경을 쓴 소쩍새

솟쩍하고 밤을 찢듯이 울면

솥에 금이 가듯 흉년이 들고

솟적다리하며 애교에 차 울면

다음해에 풍년이 든다네

제 6 부

속간束桿

하얀 자작나무 사이에
날이 선 청동도끼를 끼워
붉은 가죽띠로 묶은 속간

로마군단이 행진 할 때
맨 앞에 선 기수의 깃발위에서
펄럭이는 권위의 상징이다

권력과 사법권의 통합된 힘, 파쇼
신종 코로나의 기승에 따라
유사 파시즘*도 세계로 퍼져간다

세계는 점점 더 분열되고
욕망의 도가니에 빠져
멸망의 구렁텅이로 빠져든다

*유사 파시즘 : 전체주의, 국가주의, 권위주의, 대중영합주의
           등 전통적 요소에 인종주의, 외국인 혐오
           (제노포비아) 등을 추가하였다.

아까시나무

매봉산 중턱에 뿌려진
하얀 설화

커다란 키에 가시로 둘러싼
갑옷을 입고

오월의 연초록 바람결에
매혹적인 향기를 뿜어낸다

커다란 꽃봉오리는 쉼없이
벌꿀을 쏟아내고

황폐한 땅에서도 삶을
포기하지 않은 아까시나무

헌신하는 부처를 닮았다

인동덩굴

붉은 핏덩이로 태어나
백옥 같은 처녀가 되고
노란 할머니 되어서도

북풍한설이 휘몰아치고
염천의 폭염이 불태워도
사랑의 인연을 찾아

나일강의 다리를 건너고
사하라 사막을 넘어서
끝없이 내 달리며

춘향이의 이도령에 대한
목숨건 사랑의 아름다움을
가르쳐준 인동덩굴

오방위五方位

어디서 왔을까
어디로 가야할까
오방위 속에서
일생 동안 헤매고 있다

만물의 생성 소멸은
우주의 중심을 이루는
황룡이 흙으로 빚어내
만들어간다

동쪽에 살고 있는
청룡은 봄바람을 일으켜
나무들의 잠을 깨우며
소생 시킨다

주작이 날개 짓하며
뜨거운 불을 내뿜어
남쪽의 여름을 달구어
생명을 키워낸다

뒤따라온 백호는
쇠숲꼬리를 흔들어
서쪽의 가을바람을 일으켜
결실을 완성해가고

지친 몸을 쉬라고
북쪽의 검은 현무가 달려와
차가운 눈을 뿌려
기나긴 겨울잠을 재운다

끝없이 펼쳐진 우주 속에
바람과 구름이 몰고 온 나는,
나비되어 훨훨 날아간다

검은과부 독거미의 사랑

치악산
검은과부 독거미는
선비차림의 황모시나비를
사랑하네

사방으로 높이 솟아오른
전나무 사이사이
구름그물 쳐놓고 기다렸네

그물에 걸린 황모시나비
사랑스러워밤낮을 쳐다보다
배가고파 잡아 먹어버렸다네

파랑새

녹두장군 전봉준

파랑새 되어
희망의 무지개 찾아
파란 날개 활짝 펴고
창공으로 날아간다

언제쯤 민초들이
걱정을 내려놓고
웃으며 살날이 오려는지
구름에게 물어 본다……

주음 저수지에서

주음 저수지에 피어난 홍련
우주에 부처님 탄생을 알린다

일림산의 정기를 받아
보성강이 잉태한 주음 저수지

홍련은 노란 여의주를 물고
허리를 곧추세워 뿌리 내린다

때론 커다란 우산을 쓰고
백옥같은 물방울 염주 굴리며

계란을 거꾸로 세워놓은 얼굴에
붉은 연지 찍고 청순함을 표출한다

진흙탕 속에서 토실토실한 뿌리를
키워내어 인연의 소중함을 이어주고

부처님의 대자대비를 일깨워 주는
주음 저수지에 피어난 홍련의 미학

포 도

깡마른 몸매에
알알이 자식을 매달고

바람이 불면 떨어질까
폭우가 몰아치면 다칠까

검은 치마저고리 벗어서
하나하나 덮어주고

밤새워 노심초사하는
마천리 어머니를 닮은 포도

해바라기 꽃(3)

너를 닮은 해바라기 꽃이

긴목을 빼들어

철조망을 넘어가고 있다

넓은 얼굴이 멋쩍게 웃는다

보초병도 체포하지 않고

따라서 웃는다

해바라기 탈옥이다

호접란(2)

아침마다 내 품에 안기어

사랑한다 속삭이던 너

분홍색 큰주홍부전나비 되어

어디론가 날아 가버렸네

호접란

갓 시집올 때엔
큰주홍부전나비처럼
분홍빛날개 펄럭이며

너풀너풀 날아와
내 품안에 안기던
새색시 같던 호접란

벌써 할머니 되어
말없이 날개를 접고
떠날 준비를 하네

들국화 사랑

명월관의 해어화처럼
분홍 노랑 보라 연지 찍고
먼 산 쳐다보며 임 기다리는
웃음 잃은 청계산 들국화

분홍빛 그리움에 몸부림치며
늦가을 찬서리 비바람 속에
온 얼굴 멍들어 분홍빛이지만
양팔 벌리고 꼿꼿이 서있네

파란 가을하늘 쳐다보며
말없이 떠나간 그대에게
바람따라 흘러가는 구름편에
순백의 향기 띄워 보내네

차가운 북풍한설 속에
잎과 가지는 스러져버려도
한자리에서 내년무서리 기다리는
변함없는 사랑의 미학

게발선인장 빨간꽃

일 년 내내 숨죽이고 있던
빨간 불새들이 촉을 내밀고
태어날 시기를 엿보고 있다

차가운 겨울바람이 스치면
몸통을 커다랗게 살찌우며
바람따라 날아갈 준비한다

흰부리 촉에 빨간루즈 바르고
커다란 양 날개 힘차게 저어
우주를 향해 솟아올라 간다

태어난 고향의 발자취 찾아
혼돈의 먹구름이 덮어버린
푸른 노스탤지어를 찾아간다

첫 눈

컴컴한 잿빛하늘에서
하얀 천사의 날개 달고
사뿐사뿐 날아 내리는
목화송이 같은 첫눈

소리없이 사뿐히 찾아들어
소복이 쌓여도 무겁지 않으며
헤어질 때 미련없이 떠나고
죽어 사라질 때도 불평없는

아무런 욕심의 씨앗하나 없이
그렇게 바람처럼 가볍고
구름처럼 집착을 버리는
그대는 순백의 사랑 덩어리

구절초 테마공원에서

차가운 늦가을 바람 속에
분홍빛 그리움에 몸부림치며
따스한 햇살에 방긋 웃네

하얀 구름도 쉬어가는
푸른 옥정호 바라보며
임 찾아 고개 내미는 꽃

점령해오는 찬 서리에
얼어붙은 심장 끌어안고
먼 산 쳐다보며 기다리네

맑고 맑은 향기 내뿜으며
지고지순한 사랑을 가르치는
구절초 테마공원의 구절초

주음저수지에서(2)

일림산의 정기를 받아
보성강이 잉태한
주음저수지*에 피어난 홍련
부처님의 탄생을 알린다

따가운 햇살아래
노란여의주 입에 물고
물방울 염주를 굴리며
우주의 신비를 펼쳐 보인다

더러운 진흙탕에서도
달걀처럼 갸름한 얼굴에
붉은 연지를 찍고
은은한 미소 지으며

모진풍파 견디며 키워온
하얗고 토실토실한 자식을
아낌없이 내어주고
인연의 소중함을 전한다

*주음저수지는 전남 보성군 용문리에 있고, 500년이 넘은
 홍련이 피어있다.

주식시장의 풍경

먹이 찾아 헤매는 일개미들,
욕심 많은 개미귀신이 되어버린
부자들이 잡아먹어버린다

배가고파 살려 달라 아우성쳐도
쳐다보는 이 하나 없는
소리 없는 전쟁터이다

늘어가는 초상집 앞 파란등불처럼
허공에 퍼져가는 곡소리
개미들의 무덤은 늘어만 간다

개미들을 사냥하는 개미귀신처럼
탐욕에 사로잡힌 욕심장이 인간들
누가 천벌을 내릴 것인가……

직조織造

직물은
가로에 있는 씨실과
세로의 날실을 엮어
만들어간다

직녀는
직물짜기를 멈추는
견우와 칠월칠석에만 만나고

아라크네는
아테네여신과 베짜기 대결로
죄를 받아 거미가된다

지금은
뜨개질 같은 편조로 만들거나
종이처럼 부직포로 만든다

기계화된 직조시대
베를 기계로 짜서 만들었다고
벌을 받을 사람은 누구일까…

코로나를 이겨내자

달빛사랑은
각양각색의 아름다운
꽃을 피워낸다

2013년 3월부터
달구벌 대구와
빛고을 광주는
사랑을 맺고 키워왔다

코로나19 사태에
병상연대라는 꽃을 피워
코로나를 물리쳤다

코요테 모멘트

뾰쪽한 코
눈에 띄는 귀
얇은 머리칼 휘날리며
내 달린다

먹잇감을 쫓아서
정신없이 내달리다
눈앞에 닥친 낭떠러지를
뒤늦게 보았지만

달리던 가속도에 의해
순간, 멈추지 못하고
끝없이 추락하여
생을 마감 하게된다

코요테 모멘트이다

큰부리큰 기러기

진한 갈색외투 뒤집어쓰고

스칸디나비아 북부에서

차가운 바람 타고 날아와

팔당대교 당정섬에 모여들어

겨울을 나는 큰부리큰 기러기

나도 큰부리큰 기러기처럼

멀리 날아보았으면 좋겠다

제 7부

비나리
– 딸을 위한 기도

사랑하는 딸 영심을 위해
눈물로 십여 년의 세월을
빌고 또 빌며 지내왔네

무너지는 가슴 부여안고
꽃반 한가득 차려놓고
밤낮없이 치성을 드려왔건만
영심이는 일어나지 못하네

하늘이여…… 왜,
간절한 소망을 모르시나요
나의 정성 외면하나요
영심이 낫기를 축원올리네

하늘이여
사뿐사뿐 내려와
내 딸을 낫게 하소서

짝퉁들의 세상

남대문시장에서
가방하나를 싸게 샀다고
신이나 지하철을 타러갔다

지하철역 한구석
세계 각국의 상표를 붙인
짝퉁가방이 즐비하다

짝퉁가방이 진품보다
훨씬 예쁘고 가격도 싸다
사람들이 서로 사려 한다

성형 인간이 늘어가고
가방도 짝퉁이 판을 치고…
짝퉁이 세상을 점령해간다

쪽파와 대파

야채시장 한구석에
쪽파와 대파가
나란히 자리 잡고 있다

가느다란 머리칼을
곱게 빗어 내린
조그마한 동양미인 쪽파

뚱뚱한 몸매에
기다란 키를 가누기 어려워
치렁치렁 늘어진 대파

파김치를 담가 놓으면
누가 더 맛있을까
내일 담가먹어 보아야겠다

장맛비

내게는
불안과 불안사이,

양상군자처럼
소리없이
창문을 두드리는 친구

성난 황소처럼
굉음을 내면서 세차게
돌진하는 친구

여우처럼
갑자기 왔다가 소리 없이
사라져 버리는 친구

장맛비처럼 아득하게,
그리움처럼 수시로
찾아오는 친구들이 있다

오늘밤, 나는
장맛비의 벼개를 베고
심연의 잠에 빠져든다

중천中天

습습한 물안개 사이로
사막처럼 끝없이 펼쳐진
일곱 개의 잿빛 구름장벽

구름 그물망에 갇혀
지상과 천상 사이에
매달려 있는 영혼들

이승에서 쌓인
시리도록 아픈 상처
몸부림치는 고통의 시간들

하나의 관문에 이레동안 머물며
하얀 영혼으로 표백될 때까지
잉태된 악연의 씨앗 씻어낸다

환생을 위해 천상계단 오르거나
天人으로 남기위해 기억을 지우고
또 다른 태胎를 찾아 떠나는 길

페르시아의 보석, 채송화

팔월의 태양아래
땅바닥을 기어 다니며
잠깐 피었다
사라져버린 슬픈 꽃,

뜨거운 바람결에
힘없이 너풀거리는
너비에 젖은 나비처럼
가련해 보인다

조약돌 무덤 사이에서
제 그림자를 바라보며
향수에 젖어 잃었던
옛 기억을 떠올린다

짧은 모가지를 들어
먼 허공을 쳐다보는
너는 페르시아의 보석,
어여쁜 채송화로구나

튤립나무의 낙엽

문경새재 과거길목 지키는
조령산턱에 높이 솟은 튤립나무
황금빛으로 물들어가는 낙엽

파초선만큼 큰 잎으로 태어나
봄에는 튤립꽃 피워내며
뜨거운 여름에는 몸통 식혀주고
가을에는 다음세대 위해
이별을 준비하는 낙엽

차디찬 북풍이 불어오면
노란 삼베옷 갈아입고
바람결 따라 떠나가는 낙엽

평생을 남을 위해 헌신하며
떠나갈 때를 알고 준비하는
지천명의 도를 실천하는 낙엽

개마대산 낭락장송

차가운 북풍한설 몰아치는
개마대산*위에 우뚝 서서
민초들을 염려하는 낭락장송*

커다란 청용이 황금용을
휘어 감고 뭉개구름 희롱하며
하늘높이 날아가는 것 같다

배고플 때 굶주림 달래주고
약을 만들어 내어 치료해주며
슬퍼하면 눈물을 닦아 준다

홍익인간 정신 가르치며
한민족 시조 단군의 얼이 베어
오천년 역사 푸르게 지켜온다

*개마대산 : 역사기록에 나오는 백두산의 옛 이름
*낭락장송 : 긴 가지가 축축 늘어진, 키가 큰 소나무

겨울연가

이용이

매서운 겨울바람 속에
매달린 여린 잎

엄마손 놓지 않으려고
애처로이 울고 있네

어름사니 호박

높이 솟은 물푸레나무 가지를
타고 오르는 달덩이처럼
커다랗고 둥근 호박

가느다란 외줄에 매달려
따사로운 가을햇살을 해먹삼아
일광욕을 즐기고 있다

심술궂은 바람이 불어오면
길게 매달아놓은 줄 위에서
춤추는 어름사니*처럼 흔들린다

다른 호박은 땅바닥에 뒹구는데
높은 곳에 매달려 있으려면
얼마나 힘이 들까 말려보지만

타고난 성질은 어쩔 수 없나보다
떨어져서 박살이 나더라도
하늘 끝까지 오르고 말겠다니…

*어름사니 : 남사당패에서 줄을 타는 줄꾼을 말한다.

금둔사[*]의 홍매화

삭풍한파 휘몰아치는 눈 위에
꽃잎 오므려 모진 추위 견디고
메마른 가지에 붉은 꽃피우며
새봄의 희망을 전하는 전령사

[*]금둔사 : 전남 순천에 있다.

길 잃은 까마귀 한 쌍

대모산 산마루 높은 가지위에
까악 까악 울고 있는
새 파랗게 젊은 까마귀 한 쌍

하늘을 새까맣게 물들이며
나란히 창공을 누비던
친구, 부모형제, 함께 놀던 이웃은

계절에 밀려 고향 찾아 먼 길 떠났건만
사랑에 빠진 까마귀 한 쌍은
밤이 지새는 줄 모르고 노닐다

외로운 보트피플 신세 되어
목이 터져라 불러도 아무 대답 없어
갈 길 잃고 눈물만 흘리네

내 친구 보름달

별빛마저 깜박 졸고 있는
칠흑같이 어두운 밤길,

지붕 위 하얀 박처럼
둥근 보름달이 따라 온다

산을 넘고 내를 건너도
졸졸 따라오며 미소 짓는다

하시도 헤어지기 싫어하는
친구 공근이를 닮았다

밤중 내내 쫓아다닌다
넘어질까 걱정 되나보다…

개불알풀의 절규

매봉산 언덕위에 꽃피운
개불알풀에게 이름을
봄까치꽃으로 바꾸란다

강제개명에 반대하는
개불알풀은 붉은 띠 메고
데모를 하지만 소용없다

악마들이 세상을 지배하고
힘없는 민초들을
노예처럼 짓밟고 있다지만

누가 이렇게 선량한
외침을 불법시위라고
수갑 채워 잡아갈 수 있을까

대 파

무슨 상처를 받았기에

흰머리 땅속깊이 감추고

거꾸로 살아가느냐 ?

첫 눈

첫사랑처럼 살며시 왔다가

신기루처럼 사라져버린다

첫눈의 추억

오늘은 소설
기다리던 첫눈은 내리지 않고
추적추적 비만 내린다

말없이 떠나버린
그녀를 못내 그리워하며 속울음
울고 있는 내 마음 같다

찬바람에 등 떠밀려
나목 위 살포시 걸터앉은 첫눈이
껍질 벗겨진 앙상한 나뭇가지 같아
선잠의 꿈속을 깨운다

눈망울로 써놓은 이름석자
쌓여가는 눈무더기에 차츰 묻혀가고
눈꽃 한 송이 피어난다

백두산 미인송

계곡수 굽이굽이 흐르고
솔바람 끊임없이 불어오는
백두산마루 미인송[*]

북풍한설 몰아치는 겨울에도
화려한 황금옷 갈아입고
바람결에 아름다운 춤춘다

사랑이 하늘우물처럼 넘쳐
살을 파내어 배고픔 달래주고
외로울 때 송음으로 위로해준다

백설이 쏟아져도 독야청청하며
헌신적으로 베풀며 살아가는
신사임당처럼 고고한 자태이다

[*]미인송 : 백두산에 자생하고 있는, 화려하며 우아한 소나무

봄꽃들의 향연

따스한 봄바람이 콧등을 스치면
봄꽃들이 기지개를 켜고 일어나
봄맞이 향연을 준비한다

복수 초는 겨울 내내 땅속에서
샛노래 진 얼굴에
얼음을 깨고 얼굴 내민다

광대나물은 코딱지를 붙인 체
파리해진 얼굴로 소처럼
분홍색 뿔을 매달고 나왔다

노루귀꽃은 하얀털 뒤집어쓰고
창백한 얼굴 되어
노루귀를 말린 잎을 달고왔다

삭풍이 몰아치는 추위 속에서
어려운 과정 과정마다
희망으로 극복한 애기 꽃 피운다

하얀 세모

2020년 마지막 한 장,
364장의 일력이
어느 틈에 뜯겨져 나갔다

한 장 한 장 마다
알알이 새겨진 사연 안고
세월의 뒤안길로 사라졌다

무엇을 찾아 헤매였나
떠가는 구름에게 물어봐도
하얀 바람처럼 아무 말 없다

밤새워 정동진을 찾아가
새 희망의 화살을 당겨
떠오르는 태양을 맞춰야겠다